Underdanig Forfatt

Erika Sanders

Serie

Dominans og erotisk underkastelse

Forsidebillede: @ Paweł Englender - Pixabay, 2023

Første udgave: 2023

Synopsis

Samanthas største frygt var, at nogen ville genkende hende på disse billeder.

Men det problem blev løst ved at bruge en tynd maske.

Masken var lille og dækkede kun hans øjne og næse, hvilket var godt nok til at bevare hans anonymitet.

Underdanig Forfatter er en roman med stærkt erotisk BDSM-indhold og til gengæld en ny roman, der tilhører samlingen Erotic Domination and Submission, en serie af romaner med højt romantisk og erotisk BDSM-indhold.

(Alle karakterer er 18 år eller ældre)

Bemærkning om forfatter:

Erika Sanders er en kendt international forfatter, oversat til mere end tyve sprog, som signerer sine mest erotiske skrifter, langt fra sin sædvanlige prosa, med sit pigenavn.

Indeks:

UNDERDANIG FORFATTER
ERIKA SANDERS

FØRSTE DEL
REAKTIONEN

KAPITEL I

Samanthas største frygt var, at nogen ville genkende hende på disse billeder.

Men det problem blev løst ved at bruge en tynd maske.

Masken var lille og dækkede kun hans øjne og næse, hvilket var godt nok til at bevare hans anonymitet.

Hun lavede forskellige positurer til fotografen.

Det var en elegant skydesession med en underdanig tone.

Flere reb bandt let hendes lille og tynde krop, som var dækket af en tynd sort kjole.

Hendes håndled var også bundet sammen, og der blev nu taget billeder af hende liggende på jorden.

Det var en kunstsession udført af en semi-berømt lokal fotograf, som solgte portrætterne i forskellige kunstgallerier.

"Så meget smukt," sagde fotografen og gik væk. "Vend om. På maven. Godt. Rul om."

Det var det sjoveste, Samantha har haft længe.

Hun vendte sig om som en trældomshvalp.

Så rullede hun tilbage.

Der var et lille smil på hans ansigt, der udlevede hans fantasi.

Fotografen bemærkede Samanthas smil , og han smilede tilbage og tog flere billeder i processen.

"Jeg tror, vi er færdige for i dag," sagde han og sænkede kameraet. "Du var fremragende."

Hun rejste sig og gik hen mod ham med sine bundne håndled pegende fremad.

"Jeg gjorde bare, hvad du sagde til mig," smilede han.

Fotografen løsnede hendes håndled og befriede hende endelig fra alle trældomens reb.

Der var små røde mærker på hans håndled.

"Undskyld det. Måske har jeg lavet dem lidt for stramme."

Hun rystede på hovedet og tog masken af.

"Bare rolig. Jeg synes, jeg trak for hårdt. Og mærkerne vil snart falme."

"Hård pige."

"Apropos at være hård, er der nogen chance for ekstra arbejde?"

"Det kommer an på," svarede fotografen. "Der er en kommende kunstudstilling om et par uger. Hvis dine portrætter sælger, vil jeg meget gerne hyre dig til flere billeder."

Hun smilede.

"Det glæder jeg mig til."

KAPITEL II

Efter at have klædt sig på gik Samantha direkte til sit soveværelse.

Der var stadig meget skolearbejde at gøre.

Semesterets mest udfordrende klasse var hendes kreative skrivekursus, som fokuserede på at lave historier i fuld længde.

Det var den klasse, han allerhelst ville arbejde på, fordi den gav ham mulighed for at skrive.

Hun elskede at skrive.

Og hun ønskede at blive romanforfatter en dag.

Vigtigst af alt gav det ham en platform til at begynde at skrive sin første roman under en fremtrædende professors vejledning.

Han var en professor, som jeg havde beundret dybt længe før han deltog i hans klasse.

Han var en professor, der havde skrevet flere bøger, som Samantha havde elsket og læst, mens hun voksede op.

Disse gamle bøger påvirkede Samanthas skrivestil, og hun var begejstret for muligheden for at få ham til at lære hende.

Hun var færdig med at skrive en oversigt på én side af sin næste udtænkte historie, mens hun sad på sin seng.

Han skulle sende det til professoren inden sit næste møde.

Efter at have brugt timer på at skrive og tænke, blev Samanthas trance-lignende tilstand brudt af et par slag på væggen.

Det var hendes smukke værelseskammerat og bedste ven siden gymnasiet, kun klædt i et håndklæde og med sit hår nytørret efter et brusebad.

"Skriver du stadig dine ting?" spurgte Vicky.

"Åh, selvfølgelig, jeg arbejder stadig på det."

"Så hvordan gik dine billeder i dag?"

Samantha gav en tommelfinger op.

"Ret god."

"Jeg ville elske at se den nye bog."

"Vent, lad mig tjekke, om han har sendt dem til mig endnu."

Samantha åbnede hurtigt sin Gmail-konto og så nogle nye e-mails.

Der var en e-mail fra fotografen, som åbnede og downloadede den fil, den indeholdt.

Der var otteogtredive billeder i alt.

" De er her, jeg sender dem til dig med det samme," sagde Samantha. "Og lad mig vide, hvad du synes. Personligt synes jeg, det er en meget god ting. Jeg kan bedre lide det, end hvad jeg gjorde sidste gang."

Samantha satte selvfølgelig stor pris på Vickys mening om sagen, for hendes veninde havde selv lavet meget modelarbejde, og hun planlagde også at arbejde i modebranchen en dag som designer.

Vicky tabte håndklædet og stod nøgen.

"Jeg tjekker dem ud senere. Har du taget et bad endnu? Den fest er om en time."

"Åh shit."

Vicky tog en bh på.

"Det er en af de dage, hva?"

"For fanden, vent."

Samantha åbnede hurtigt sin e-mail og skrev en besked til professoren.

Hun vedhæftede Word-dokumentet og sendte det derefter.

Så åbnede Samantha endnu en e-mail og skrev en kort besked til Vicky.

Hun vedhæftede filen med de 38 underdanige slavebilleder og sendte e-mailen.

Samantha lukkede derefter sin bærbare computer og sprang ud af sengen.

Hun gik forbi sin halvnøgne bofælle og ind i det lille badeværelse, som stadig var lidt fugtigt, da Vicky lige havde brugt det.

Han klædte sig af, gik derefter ind i brusekabinen og åbnede vandhanen for at udløse et vandfald af varmt vand.

Mens hun sæbede og shampooede sit hår, tænkte Samantha på sit næste skriveprojekt og møde med professoren.

Han tænkte på, hvordan han ville forklare sit job.

Hvordan ville hun præsentere det?

Hvordan ville han udtrykke sig?

Hovedpunkterne ønskede han at formidle, så professoren ville forstå hans tanker og forhåbentlig give ham tiltrængt godkendelse og forståelse.

Han tænkte også på trivielle ting, som hvad han skulle have på.

Hun ville se elegant ud, men vovet, uden heller at sende de forkerte signaler.

Hun ville fremstå smart uden at være for stram.

Han ville heller ikke virke for simpel eller let, ellers ville han miste lærerens respekt.

Hun skulle se godt ud.

Måske ville han også spørge Vicky om hendes mening senere om den sag.

Samantha lukkede for vandet, tørrede sit hår og vendte tilbage til kollegiet, hvor Vicky allerede var klædt på og brugte sin egen bærbare computer.

"Hvad synes du om billederne?" spurgte Samantha og kiggede ind i sit skab.

"Mener du dit forfatterskab?"

"Nej, til mine billeder, selvfølgelig."

"Nå, du sendte mig ved et uheld din tekst," rapporterede Vicky. "Det ser ret godt ud. Jeg er ikke særlig læser, men jeg ville købe denne bog, hvis du skrev den."

Samantha frøs.

Hans øjne blev store og maven sank.

Han skyndte sig hen til sin bærbare computer og tjekkede sin Gmail-konto.

Han tjekkede sine sendte e-mails for at se den besked, han havde sendt til professoren.

Så kiggede han på den vedhæftede fil.

"Åh gud".

Han dækkede sin mund med hånden, da han indså, at han ved et uheld sendte professoren de 38 trældomsbilleder.

"Mit...liv...er...ødelagt," klynkede Samantha og faldt sammen på sin seng og ville græde i processen.

"Shit, har du lige sendt de billeder til din lærer?" Vicky lo på en sjov måde.

Samantha begravede sit ansigt i puden.

"Jeg ønsker ikke at tale om det."

"Se på den lyse side. Hvis han er en normal fyr, vil han sandsynligvis give dig et A til klassen. Ulempen er, at du nok bliver nødt til at sutte hans pik. Medmindre han er varm, så vil du være med en godbid. Du ved, alt det lærer/elev-tema."

"Jeg skal møde ham i morgen. Gud, jeg håber ikke, han anmelder mig for at prøve at opfordre til sex eller noget. Jeg kan blive smidt ud af skolen."

"Er der en regel mod at sende underdanige billeder til læreren?" spurgte Vicky.

"Ved ikke."

"Nå, du tog et brusebad super hurtigt. Måske har han ikke set det endnu. Hvorfor ringer du ikke til ham og fortæller ham, at han skal undgå at kigge på din e-mail?"

Samantha satte sig oprejst med tårer i øjnene.

"Du er et geni."

Han ledte i kursusprogrammet efter professorens mobiltelefonnummer, men det var der ikke, i modsætning til andre professorer.

Den eneste handling ville være at bede til, at han ikke har set den endnu.

Hun sendte endnu en advarselsmeddelelse på forhånd.

Hun sendte en e-mail med titlen: PLEASE DO NOT ÅBN DEN ANDEN EMAIL

"Lærer,

Jeg er Samantha. Vi har en aftale i morgen tidlig. Jeg sendte dig endnu en e-mail for et øjeblik siden. Jeg håber inderligt, at han ikke åbnede den. Hvis ikke, så lad være med at gøre det. Hvis ja, er jeg meget ked af det. Det var et uheld.

Her sender jeg dig min skrift.

Jeg håber, at denne fejl ikke bringer vores akademiske forhold i fare. Jeg planlægger stadig at se ham i morgen for at diskutere skriveprojektet.

Med de bedste ønsker,

"Samantha."

Så vedhæftede han filen med skriften og tjekkede, at han gjorde det rigtigt denne gang.

Da beskeden var sendt, faldt Samantha tilbage på sengen.

Hun indså, at hendes håndklæde var åbnet, og hendes venstre bryst var delvist blotlagt, men hun var ligeglad.

Jeg havde stadig en fest at komme til.

Men han anede ikke, om han nogensinde ville kunne have det sjovt igen.

KAPITEL III

Lige før morgenmødet satte Samantha sig til rette ved at tage noget tøj ud af sit skab.

Kakibukser, en hvid button-down skjorte og en mørk vest.

Uformelt, men med klasse.

Hun bar sit hår i en hestehale og bar minimal makeup.

Det sidste, jeg ville gøre, var at afgive erotiske vibes, især efter den forfærdelige e-mail-fejl, som professoren heller ikke gad svare på.

Hun gik til hans kontor i humaniora-bygningen.

Da han kom dertil, så han gennem glasdøren professoren sidde bag sit skrivebord ved hjælp af computeren.

Samantha var lidt irriteret over, at professoren var på sin computer, og gad aldrig at sende en e-mail tilbage til hende.

Nå ja, tænkte han, det ville have sparet ham for noget af det besværlige.

Han bankede på døren for at få deres opmærksomhed.

"Lige i tide," sagde professoren. "Luk døren og sæt dig."

Læreren var meget ældre end hende.

måske femogfyrre eller halvtreds år gammel, dobbelt så gammel som han.

Han var ganske smuk, med en streng og stærk opførsel.

Der var en visdom omkring ham, hvilket gjorde det tydeligt, at han var en meget intelligent person.

Han lukkede døren og satte sig i stolen foran lærerens skrivebord.

Han sad oprejst med perfekt kropsholdning, mens emnet for e-mailen stadig dvælede i hans sind.

Hun spekulerede på, om han ville tage fat på det eller ej.

Indtil nu så det ikke ud til at være tilfældet.

I stedet lagde professoren et stykke papir på skrivebordet.

Det var en udskrift af Samanthas lektier med håndskrevne noter over det hele.

"Jeg er old school," sagde han. "Jeg foretrækker at skrive på papir og kommentere med en kuglepen. Skal vi begynde nu?"

Hun nikkede.

"Selvfølgelig."

"Jeg kommer til det aktuelle punkt, jeg kan godt lide dine ideer. Historien om en ung kvinde, der har fundet sin vej i livet, er meget tilbagevendende, men dette er en ny drejning. Hvis jeg husker rigtigt, den første dag i kurset sagde du, at du ville blive romanforfatter, ikke?"

Hun nikkede.

"Det er sådan det er."

"Og du sagde, at du ville gøre dette til din første roman, som du håber at udgive en dag, er det også korrekt?"

"Det er helt korrekt. Og det har jeg ikke fortalt dig, men jeg er faktisk en stor fan af dine bøger. De er inspirerende for mig. Og jeg værdsætter virkelig dine kommentarer."

"Jeg sætter pris på de venlige ord," sagde han i en rolig tone. "Jeg er her for dig og alle mine andre elever. Derfor blev jeg lærer, for at videregive min viden, hvad end jeg har, for at hjælpe den næste generation af forfattere."

Samantha så på ham med en blanding af bekymring og angst, som om hun var dybt ydmyget, bare hun sad der.

"Noget er galt?" spurgte læreren.

Hun samlede mod til sig.

"Tjekkede du e-mail i går aftes?"

"Det gjorde jeg selvfølgelig. Vi diskuterer din skriveopgave, ikke?"

Hun følte sig som en idiot.

"Ikke den e-mail. Jeg henviste til den anden, du ved, e-mailen sendt ved et uheld. Der var en vedhæftet fil. Har du downloadet den?"

"Det er min opgave at se på, hvad eleverne sender mig. Så ja, da jeg så bilaget, åbnede jeg det."

"Så du mine billeder?" spurgte Samantha retorisk.

"Overskriften på din e-mail var, at det var dit hjemmearbejde. Jeg er ikke tankelæser, Samantha. Ja, jeg så dine billeder. Men vær ikke flov."

Hun åndede et kort lettet suk.

"Så du er ikke skuffet over mig?"

"Hvorfor skulle jeg være det?"

"Fordi hans studerende, der går på et prestigefyldt universitet, vil posere til sådanne billeder."

"Jeg dømmer ikke folk for at udforske andre veje," svarede han. "Det er det, livet handler om, ikke? Àt opdage, hvad du kan lide, hvad du ikke kan lide, og derefter tage beslutninger."

"Tak skal du have."

"Fordi?"

"Tak, fordi du ikke er en fjols," sagde han. "Undskyld mit sprog, men jeg er sikker på, at andre professorer på dette universitet ville have udvist mig. Enten det, eller også ville de kræve oralsex eller noget."

"Faktisk var jeg ved at anmode om dine tjenester."

Hun var overrasket.

"Virkelig?"

"Jeg laver bare sjov. Du har sikkert ret. Andre lærere har måske tolket den e-mail som en seksuel anmodning. Men jeg er ikke som andre lærere. Jeg forstår, at folk laver fejl med e-mails."

"Hvad med selve billederne?" hun spurgte. "Betragter du det som en fejl fra min side?"

"Gør du?"

Samantha sad høj og trodsig.

"Nej, jeg ved det ikke. Jeg er stolt af de billeder, de tog af mig. Jeg synes, de er smukke og kunstneriske."

"Hvis det er hvad du tror, hvem er jeg så til at dømme ?"

"Jeg er glad for, at vi fandt ud af det," svarede hun lettet.

"Hvorfor inkorporerer du ikke dette i din roman? Du har antydet temaer om seksualitet for den historie, du planlægger at skrive, så hvorfor ikke inkorporere noget af dette? Du behøver ikke at gå i detaljer, men tale om dine egen udforskning."

"Helt ærligt, jeg ved ikke, om jeg kan gøre det."

"Har du erfaring med livsstilen på de billeder?" spurgte han.

Hun rystede på hovedet.

"Ikke rigtig ".

"Hvorfor ikke, hvis jeg må spørge?"

Samantha tænkte sig om et øjeblik.

"Jeg har aldrig fundet nogen, jeg kan stole på til at gøre det. Jeg mener, at have sex er én ting, men underkastelse er noget andet. Jeg føler, at det er meget mere intimt og kun bør deles med den rigtige person."

"Det er derfor, jeg kan lide dig. Du er smart, talentfuld og stærk. Der er mange idioter derude. Men et ægte Mester - underdanig forhold er baseret på tillid og hengivenhed. Mesteren skal respektere den underdanige. Der skal være tillid . Først da kan en underdanig være helt fri til at give slip."

Et smil dukkede op på hendes ansigt.

"Hvordan ved du alt det her?"

"Jeg taler normalt ikke om det her, men jeg var en mester for flere kvinder i mit liv. Kvinderne var meget underdanige og gav mig fuldstændig lydighed. Til gengæld tog jeg mig af dem, følelsesmæssigt og seksuelt. De var relationsbaserede på tillid og gensidig forståelse."

Et øjeblik var Samantha forbløffet.

Hun forventede, at kontordatoen ville være smerteligt akavet.

I stedet fik hun en seksuelt avanceret lærer, som tilsyneladende forstod hende.

"Det er okay," sagde hun. "Jeg tror, du har ret. Det giver mening at inkorporere nogle af disse ting i mit skriveprojekt. Ikke alt relateret til slaveri, naturligvis, men selvrefleksion og opdagelse."

Læreren foldede papiret.

"Så nu får du ikke brug for alle mine noter, da historien har ændret sig. Men tag dem med dig. Jeg foreslår, at du finder en ny historie til anden halvdel af din roman sammen med en ny slutning. Mange elever finder dette kurset i sig selv skal være øjenåbnende. De lærer ting om sig selv under skriveprocessen. Det er det, jeg elsker ved at undervise."

En følelse af skuffelse skyllede ind over Samantha, da læreren lagde det foldede papir foran hende.

"Er vores møde forbi?" hun spurgte.

"Ja. Du skal selvfølgelig ændre dele af din historie, så mine kommentarer der er dybest set ubrugelige."

"Kan vi mødes igen? Jeg ville stadig tale med dig for at få nogle skrivetips."

"Vi kan diskutere skrivningen, når du har fået styr på dit plot."

En følelse af nyfundet selvtillid og forståelse skyllede ind over Samantha.

Det var som en åbenbaring.

Hans kærlighed til slaveri og forfatterskab kom tilsyneladende sammen for første gang.

Hun nikkede.

"Tak for alt. Du er den bedste."

"Hvorfor får jeg følelsen af, at du planlægger noget?"

"Bare min første roman," smilede han.

"Jeg mente, hvad jeg sagde. Jeg kan godt lide, at du er forsigtig med dine fantasier og din krop. Hvis jeg bare kan lære dig én ting, ville det være ikke at gøre noget dumt med din krop. Respektér dig selv. Det er det vigtigste ting, jeg kan lære en ung kvinde som dig."

I det øjeblik følte Samantha noget for professoren.

Han mærkede det i sit sind, sit hjerte og mellem sine ben.

Hun vidste det.

Og professoren indså, hvad hun måtte tænke.

ANDEN DEL
BILLEDERNE

KAPITEL I

Der gik et par uger.

Med succesen opnået på kunstgalleriet bad fotografen Samantha om at vende tilbage til studiet for at tage flere fotografier, og hun accepterede med glæde.

Det var deres chance for at undslippe livets stress og hengive sig til en fantasi.

Desuden var de penge, han ville modtage for det, gode.

Som kostume var hun iført et lille sort outfit, som bestod af en læder-bh og trusser.

Han bar også sorte støvler.

Endelig, og vigtigst af alt, havde han den lille sorte maske på.

Gud forbyde nogen at genkende hende.

Da hun tog sit outfit og sin maske på, følte Samantha en bølge af begejstring, da hun forberedte sig til fotograferingen.

På en mærkelig måde forstod hun de behov, misbrugere havde.

Dette var hans afhængighed.

Noget jeg længtes efter følelsesmæssigt og fysisk.

Da hun var klar, gik hun ind i studiet, hvor fotografen var ved at forberede sit kamera.

Lys, rekvisitter og baggrunde var allerede på plads.

De havde deres sædvanlige snakke og vittigheder.

Samantha udtrykte sin taknemmelighed og glæde over, at de andre portrætter havde solgt godt.

Fotografen påpegede, at det hele var takket være hende.

"Skal vi fortsætte, hvor vi slap?" spurgte fotografen med kameraet i hånden med remmen om halsen.

"Faktisk vil jeg gerne prøve noget lidt anderledes i dag."

Han virkede åben over for det.

"Har du noget i tankerne?"

"Ikke rigtig. Jeg ved det ikke. Men jeg føler mig lidt mere eventyrlysten."

Han tænkte sig om et øjeblik.

"Hvad med at vise noget mere hud? Jeg ved, at du altid har været bekymret for det, men mere hud hjælper normalt med salget."

Efter et kort øjebliks tøven trak Samantha venstre side af bh'en ned, hvilket delvist afslørede hendes lille lyserøde brystvorte.

"Hvad med det?" hun spurgte.

Han forblev professionel omkring det.

"Vi kan gøre det sådan her. Selvfølgelig. Hvad med slaveri? Samme som før?"

"Hænderne bag min ryg denne gang. Og på mine knæ. Jeg kan godt lide, hvor sårbar jeg vil se ud."

"Var der noget i din kaffe i dag?" jokede han.

"Lad være med det. Jeg er bare en kvinde med en idé i tankerne."

"Uanset hvad du siger. Jeg kan godt lide den idé. Lad os starte med det her . Jeg binder dine håndled bagfra."

Fotografen sænkede kameraet og lod det hænge fra hans hals.

Så gik han efter rebene.

Samantha vendte sig om og lagde hænderne bag ryggen.

Før han bandt rebene til hende, stoppede hun ham.

"Vent, vent et øjeblik."

Samantha rakte frem og trak også højre side af sin bh en smule ned, så hendes to små lyserøde brystvorter blottede.

Så bragte han hurtigt hænderne bag ryggen igen.

"Okay, jeg er klar nu," sagde hun.

Fotografen bandt rebet og dannede en knude og sluttede sig til Samanthas hænder.

Dette gav hende en mærkelig følelse af tilfredshed, især nu hvor hendes brystvorter blev blotlagt.

"Nu er vi klar til at komme videre. Giv mig en stilling. Da du føler dig eventyrlysten i dag, lader jeg dig improvisere. Gør hvad du vil."

Samantha konfronterede fotografen, som gik et par skridt tilbage og begyndte at tage billeder.

Det fik hende til at føle sig mærkelig , at en mand tog billeder af hendes nøgne brystvorter, mens hendes hænder var bundet.

Det var så spændende, og hun mærkede en summen mellem sine ben og prikkende fornemmelser gennem brystvorterne.

Der var ikke meget, han kunne gøre med sine arme.

Og jeg var vant til at modtage instruktioner, mens jeg modellerede.

Så begyndelsen var lidt akavet.

Han vænnede sig langsomt til det og bevægede sine skuldre, hofter og fødder for at danne forskellige stillinger.

Så gik han på knæ.

En sårbar positur.

Han tog forskellige billeder fra forskellige vinkler.

Hun vendte sig om på siden.

Han tog flere billeder af det.

Hun væltede om og pressede sin mave og brystvorter mod gulvet.

Han tog billeder af hendes numse.

Så rullede hun om på ryggen, hænderne bundet bag sig, brystvorterne pegede op i luften.

Han tog flere billeder og mærkede et sus af adrenalin.

Gudskelov for masken, som gjorde det muligt for ham at bevare sin identitet, når disse billeder ville blive offentliggjort i forskellige kunstgallerier, set af Gud ved hvor mange mennesker.

Exhibitionisme var en mærkelig følelse for hende.

Men ikke så meget som underkastelse.

KAPITEL II

Efter en hurtig onani-session i sit soveværelse vaskede Samantha sine hænder og slog sig ned i sin seng.

Hun sad oprejst med ryggen mod puden og den bærbare computer i skødet.

Frisk fra fotosessionen var hun bevæbnet med nye følelser og oplevelser, hvilket var perfekt for en amatørskribent som hende.

Han åbnede tekstbehandleren og fortsatte med sin skriveopgave, som også skulle ligge til grund for hans første roman.

Jeg har allerede fået lavet flere sider.

Mens Samantha skrev, ramte hun en vejspærring.

Han spekulerede på, hvor meget af sit personlige liv han ville bruge.

Han spekulerede på, i hvilket omfang karakteren i historien vil vælge at udforske.

Og udforske hvad?

Samanthas fantasi var seksuel underkastelse.

Det har hun altid længtes efter.

Det var det hun ville.

Men at sætte det i bogen ville lade din familie og venner kende dine indre tanker, fordi de alle ville læse den.

De ville spekulere på, om Samantha skrev en rent fiktiv historie, eller om hun udtrykte sine egne ønsker og brugte bogen som et kommunikationsmiddel.

Det var forfatterens dilemma.

Heldigvis kendte hun manden, hun kunne tale med om dette.

Han åbnede sin Gmail-konto og så, at han havde to e-mails.

Den ene fra en ven, den anden fra fotografen, der lige havde sendt det sidste sæt billeder, som de havde taget sammen tidligere på dagen.

Men det var ikke vigtigt lige nu.

Hun skrev en besked med en direkte overskrift: Kan vi mødes?

"Hej lærer,

Jeg håber du har det godt. Fremskridtene med min skriveopgave har været støt, men jeg har ramt en vejspærring i forhold til historien.

Mere specifikt, jeg kæmper med, hvor meget af mit personlige liv jeg skal inkludere i det. Og ja, jeg henviser til det emne, vi diskuterede på dit kontor for et par uger siden. Jeg er sikker på, at du forstår, hvordan jeg må have det med det her.

Vær venlig at hjælpe mig!

"Samantha"

Han sendte beskeden.

Hun læste derefter sin vens e-mail og sendte et hurtigt svar.

Til sidst åbnede han fotografens e-mail, som havde en kort kommentar sammen med en vedhæftet fil, som havde i alt otteogtres billeder.

Hun downloadede filen og kiggede kort på billederne.

Det var lidt surrealistisk at se sig selv sådan.

Hænder bundet bag hans ryg.

Masken, der skjulte hans identitet.

Og hendes brystvorter blottede.

Billederne af hende på knæ og på ryggen var spændende.

Erotisk kunstentusiaster ville helt sikkert købe disse billeder ved næste udstilling på kunstudstillinger.

De var genialt lavet, syntes Samantha.

Han spekulerede kort på, om han skulle sende de samme billeder til professoren.

Måske vil han også gerne se dem.

Han forstår tydeligvis Samanthas valg, som hun satte stor pris på.

Desuden var de billeder i nogen grad relevante for hendes skriveopgave, da det var et udtryk for hendes egen seksualitet og udforskning.

Samantha udarbejdede endnu en e-mail med en kort overskrift og en kort besked til professoren.

Han vedhæftede filen med de 68 billeder, som fotografen havde taget af ham samme dag.

Han sendte sin lærer flere trældomsbilleder, men denne gang ville det være med vilje, ikke ved et uheld som før.

Hans finger dvælede lidt på 'send'-knappen i e-mailen.

Hun tøvede.

Så slettede han e-mailen fuldstændigt.

Hvad ville læreren tænke, hvis hun sendte ham endnu et sæt trældomsbilleder?

Hun lavede sikkert grin med ham, tænkte han, i betragtning af at han fortalte hende, at den anden havde været en fejl.

Eller at hun desperat forsøgte at forføre ham.

Der kom en e-mail.

Det var et svar fra læreren:

"Selvfølgelig har jeg fri i morgen klokken ni om morgenen. Jeg underviser en anden klasse klokken ti om morgenen, så tiden er begrænset.

Send mig din historie. Jeg læser det i aften, og vi kan diskutere det i morgen.

lærer"

Tingene var i gang, og hjulene var sat i gang.

Hun sendte ham tilbage med en vedhæftet fil med sin historie.

Hun spekulerede på, hvad han ville tænke.

KAPITEL III

Næste morgen.

Døren til lærerens kontor stod åben.

Som sædvanlig så han ud til at arbejde og kiggede på nogle papirer på sit skrivebord.

Samantha havde klædt sig på samme måde som deres sidste møde.

Noget afslappet, men klassisk. Ikke for sexet, ikke for sart.

Hun ønskede ikke at sende de forkerte signaler, især med hvad de vil argumentere.

Efter at have banket på døren, så læreren eleven og inviterede hende indenfor.

De udvekslede et par hyggelige sager, mens hun sad over for ham ved skrivebordet.

Nok havde de talt mange gange i klassen, men et privat møde var altid mere specielt.

"Har du læst det hele?" hun spurgte.

"Det gjorde jeg. Og jeg kunne virkelig godt lide det," svarede han. "Solidt arbejde. Du har et godt talent. Jeg tror, din styrke som forfatter er din realisme. Der er stor dybde i karaktererne."

Stoltheden eksploderede inde i Samantha, men det lykkedes hende at begrænse den.

"Tak. Jeg har tænkt meget over det her."

"Det er jeg sikker på, du gjorde. Som en skriveopgave er dette sandsynligvis en opgave på A-niveau," forklarede han. "Men du er ikke tilfreds med det, vel? Du søger at blive romanforfatter."

"Det er sådan det er."

Læreren tog nogle papirer.

"Nogle notater, jeg lavede, som jeg gerne ville diskutere med dig. De er enkle eksempler til at udvide dine beskrivelser og sekundære historier, så du kan færdiggøre en god bog. Selvom jeg ikke forventer, at du gør det nu. Helt ærligt, hvis hver studerende gav mig en lang roman, som jeg konstant ville blive overvældet af at læse."

Samantha tog papirerne og hendes øjne scannede hurtigt sedlerne.

"Det her er fantastisk. Tak."

"Der er ingen grund til at takke mig."

"Gælder dette for alle elever?" hun spurgte.

"Bare for studerende, der ønsker at blive romanforfattere og ønsker et ekstra niveau af kritik. Jeg hjælper altid gerne i den forbindelse."

"Har du nogensinde været i seng med en elev?" Han spurgte ligeud uden at bekymre sig om de mulige konsekvenser.

"Hvorfor spørger du mig om det?"

"Jeg laver karakterresearch til min skriveopgave."

Han smilede.

"Er det sådan? Du er en direkte pige, ved du det?"

"Gengt piger kan ikke komme ind på sådan en skole. Det er helt sikkert."

"Det har du sikkert ret i."

"Så hvad er svaret?"

"Det gjorde jeg med en elev for et par år siden," svarede han. "Men husk på, at jeg ikke var en stalker. Jeg har aldrig forfulgt en kvindelig studerende seksuelt."

"Så hvordan skete det?"

"Lad os sige, at vi havde en fælles ven, og vi mødtes til en fest. En swingersfest. Vi havde begge modsatte ender af samme interesse. Hun var en hardcore underdanig. Jeg var en erfaren Dom. Du kan forestille dig resten."

"Interessant."

"Vil det virkelig være med i din historie?"

"Sandsynligvis," svarede hun. "I min historie danner den unge kvinde et forhold til en mand, der er meget ældre, og som har meget mere erfaring i livet."

"Også smuk, håber jeg."

"Oh yeah."

"Apropos det, du nævnte noget i din e-mail om at inkorporere dit personlige liv i din historie."

Samantha nikkede.

"Det er rigtigt. Mit hjerte og mit sind ønsker at tage historien i samme retning. Sagen er, at den retning involverer, du ved, sex. De fleste unge mennesker går igennem denne fase, hvor de bare vil udforske sex og dets skønhed. Det er vel derfor, det flyder ind i mit forfatterskab."

"Og du er bekymret for, at folk vil dømme dig ud fra indholdet af din historie."

"Nøjagtig. Har du været igennem det samme med dine bøger?"

"Selvfølgelig. Men det er anderledes. Jeg er en mand. Du er en ung kvinde. Samfundet har forskellige standarder for os, når det kommer til sex. Men hvis du leder efter et svar fra mig i den forbindelse, undskyld, jeg kan ikke give dig en. " svar. Det skal være dit. Dette er din kunst, din historie, ikke min."

Samantha tænkte sig om et øjeblik og nikkede.

"Må jeg vise dig noget?"

"Selvfølgelig."

"Vent lige lidt."

Samantha greb sin telefon og søgte gennem sine billeder.

Så rakte han sin telefon til læreren.

"De er fra et fotoshoot, jeg lavede i går," forklarede han. "Jeg sendte dem næsten til dig i går, men jeg syntes ikke det var passende."

Han gennemgik de eksplicitte billeder.

"Så hvorfor synes du, det er passende nu?"

"Fordi jeg værdsætter din mening. Og jeg ville vise dig, at jeg tog imod dit råd fra sidste gang, vi mødtes. Du fortalte mig, at jeg skulle respektere min krop. Nå, det gjorde jeg. Det gør jeg. De stillinger var min idé. Det er min fantasi. og mit seksuelle udtryk som en sund ung kvinde."

Læreren kiggede igen på billederne på telefonen.

"Du ligner bestemt en sund ung kvinde."

Han gav hende telefonen tilbage, og Samantha lagde den væk.

"Må jeg stille dig et personligt spørgsmål?"

"Hvorfor ikke? Vi er allerede blevet personlige."

Hun slugte.

"Som en mester, hvad ville du gøre ved din underdanige, hvis hun var i den stilling? På knæ med hænderne bundet."

"Er der nogen særlig grund til at du vil vide det?"

"Jeg er bare nysgerrig. Det vil hjælpe med min skriveopgave, da jeg ville forstå, hvad en sand Mester ville gøre i den situation."

Han tænkte sig om et øjeblik.

Måske tænkte han på, hvad han ville gøre.

Måske tænkte han på, om han skulle sige det eller ej.

Samantha kunne ikke fortælle det.

Til sidst svarede professoren:

"Jeg ville træne din hals."

Hun blev kort overrasket.

"Jeg tror du mener..."

"Deep throat. Undskyld sproget, men det er det, jeg ville gøre. Det er det mest oplagte i den stilling, ikke? Du er på knæ. Med dine hænder bundet bag ryggen, vil du ikke være i stand til at modstå mit mundtlige indlæg."

Samantha mærkede hendes fisse strammes.

"Det giver bestemt mening."

"Jamen, det er sådan, du skaber en god historie. Du forestiller dig alle scenarierne, og hvad der ville ske derefter. Hvordan de forskellige karakterer ville reagere i hver situation. Det er sådan, du bør tænke."

"Jeg ved."

Han løftede et øjenbryn.

"Det lyder som om, du har mere af din fulde historie end det, du sendte mig en e-mail."

" Jeg har sendt dig alt," sagde han med et legende udtryk. "Jeg har også mange ideer, men jeg har ikke skrevet dem ned endnu. Jeg skal overstå angsten for, at folk kender mine tanker."

"Forfattere kan ikke rykke grænserne, hvis de er bekymrede for, hvad folk tænker. Det er helt sikkert."

"Har du nogle råd til det?" spurgte han med en lidt høj stemme, som om han antydede noget.

"Nå, jeg har skrevet alle mine romaner på samme måde, hvilket er for at producere den bedst mulige historie, som jeg gerne vil fortælle, og i håb om, at folk ville nyde at læse den."

"Giver mening."

"Men jeg vil ikke anbefale det til dig, i betragtning af arten af det, vi har diskuteret," tilføjede han. "Det må være din beslutning, hvilken slags historie du vil fortælle, hvor ærlig den er, og hvor meget sex du vil inkludere."

"Hvad hvis jeg ville, du ved, skubbe grænserne?"

"Det er din beslutning. Men som jeg sagde, vær ikke dum om det. Denne verden er fuld af mennesker, der gerne vil bruge dig til sex."

"Hvad nu hvis jeg ville bruges? "

Professoren så hende direkte i øjnene.

Hun så tilbage på ham.

Ingen af dem var uvidende.

De vidste præcis, hvad der gik gennem hinandens hoveder.

"Jeg er for gammel til spil, Samantha," sagde professoren. "Jeg har allerede været generøs med min tid og feedback. Så hvis du vil have noget mere fra mig, så lad være med at spille spil, bare vær en voksen kvinde og sig det."

Samantha mærkede sit bryst stramme sig.

Hun inhalerede og åndede hårdere ud.

"Vil du hjælpe mig? Vil du lære mig det?" Han sagde allerede selvsikkert.

"Lære dig hvad, præcis?" spurgte han skarpt, som en lærer, der skælder ud på en dårlig elev for at være for vag. "Vær tydelig."

"Vil du være min Mester?"

"Det valg er en gave," sagde han. "Man skal vælge klogt."

Hun tog en dyb indånding.

"Har jeg lige lavet en frygtelig fejl? Gud, jeg er en idiot. Jeg er så ked af det. Jeg beder dig venligst, lad ikke dette ødelægge vores akademiske forhold. Jeg vil virkelig gerne fortsætte med at arbejde med dig . "

"Er du højlydt, når du har orgasmer?" spurgte han ligeud.

"Undskyld?"

"Det er et simpelt spørgsmål. Jeg tror, du hørte mig rigtigt."

Hun rømmede sig.

"Jeg er næsten normal. Men det hele afhænger selvfølgelig af mit humør og hvordan jeg har det."

"Løft din skjorte op, og løft derefter din bh for at eksponere dine brystvorter, som på de billeder."

Det var sandhedens øjeblik.

Første gang Samantha ville underkaste sig en mand.

Han løftede sin omhyggeligt strøgne skjorte for at afsløre sin bare mave.

Derefter højere for at afsløre hendes hvide bh, som indeholdt hendes noget forstyrrede bryster.

Hun løftede derefter sin bh for at afsløre sine små lyserøde brystvorter.

"Er det din idé om at dominere mig?" spurgte hun og nærmest vovede ham til at gøre mere.

"Det er en start. Vil du videre?"

"Ja."

"Leg med dine brystvorter. Knib. Klem. Jeg vil gerne se, hvordan du gør det."

Samantha adlød læreren.

Hun klemte og klemte sine små lyserøde brystvorter, mens de fortsatte med at se hinanden ind i øjnene.

"Er dette min indvielse?" hun spurgte.

"Ikke ligefrem. Ikke endnu."

Hun fortsatte med at kærtegne sine bryster.

"Det er ikke?"

"Først skal jeg se, hvor modig du er. En fotoshoot er én ting, det virkelige liv er noget andet," forklarede han. "Lyd dine bukser op. Leg med din nøgne skede for mig. Lige der. Kom til orgasme, men gør det stille og roligt. Så diskuterer vi, hvordan du skubber dine grænser senere."

Hun begyndte at knappe sine bukser op.

"Det kan jeg klare."

"Gør dette dig utilpas?"

"Det er lidt mærkeligt," svarede hun med et let skuldertræk. "Men det er spændende."

Med bukserne opknappede gled hun højre hånd ind i trusserne og gned sin klit.

De holdt øjenkontakt, mens hun onanerede, som om det var en udfordring af en eller anden art.

"Hvad tænker du på?" spurgt.

"Vil du virkelig vide det?"

"Selvfølgelig."

Samantha fortsatte med at lege med sin klit.

"Begge laver en fotoshoot sammen. En bondage session."

"Hvad skulle vi lave?"

"Du ville binde mig. Så ville du træne min hals."

"Hård? Eller blød?"

Hun smilede .

"Hvorfor fortæller du mig det ikke?"

"Jeg er altid sød," svarede han og så sin elev onanere for ham. "Jeg foretrækker at tage mig tid og gå langsomt. Hvis jeg deepthroated dig, ville det være næsten romantisk, på en mærkelig måde. Jeg ville gå meget langsomt. Sørge for, at du kan tage den rigtige mængde. Når du er vant til det, ville gå lidt hurtigere, lidt hårdere."

Samantha gned sin klit hurtigere, da hun lyttede til sin lærers tale.

Hun forestillede sig det scenarie, han fortalte, mens han talte.

"Åh Gud," gispede han og gned hurtigere.

"Jeg tror, du er klar til at være en underdanig. Og måske vil jeg gerne være din Mester."

Samantha gispede ordene 'åh Gud' igen, da hun nåede sit klimaks.

Der var ingen skam eller lighed, da hun kom og så professoren i øjnene.

Han var næsten forpustet et øjeblik, da hans krop spændte og derefter slap.

Hun rystede let, da det hele var overstået.

Læreren rejste sig og gik hen mod eleven, som stadig var ved at komme sig efter sin orgasme.

"Godt gået," sagde han.

Læreren tog Samanthas bh på og trak hendes bryster ind for at dække hendes brystvorter.

Hun trak derefter hans skjorte ned og sørgede for, at den var pæn og pæn.

Så hjalp han hende med at knappe bukserne.

Da læreren var færdig med at klæde Samantha på, så hun så god ud som ny med et lyst udtryk i ansigtet og fingerspidserne let fugtige.

"Hvad er det næste?" hun spurgte. "For os."

"Næste? Jeg har snart undervisning. Jeg er nødt til at gå. Og hvis jeg ikke tager fejl, har du også snart undervisning."

"Jeg har det."

"Vil du mødes igen?"

Hun nikkede.

"Jeg elsker dig."

"Bare for at diskutere din skriveopgave?"

Hun tøvede, hendes stemme rystede.

"Jeg vil, du ved, fortsætte dette. Min træning. Denne erfaring er nyttig for min skriveproces."

"Og hvad ellers?"

Hun vidste præcis, hvad læreren ville høre.

"Og jeg synes, det er meget spændende," svarede hun ærligt. "Det er min store fantasi. Jeg kom efter dig og tænkte på dig. Jeg vil gerne være din underdanige."

" Mandag. Kom her til mit kontor klokken syv om morgenen."

"Hvorfor så tidligt?"

"Hvis du ved et uheld skriger, vil jeg ikke have, at nogen skal høre det."

Samanthas øjne blev store, og hendes fisse knugede sig.

KAPITEL IV

I weekenden deltog hun i endnu et fotoshoot med samme fotograf.

I samme studie.

Med samme tilbehør.

Billederne blev mere risikable, da hun blev fortrolig med sin seksualitet og underdanige præferencer.

Hun bad om, at rebene skulle være strammere.

Hun ville prøve at mærke, hvordan det var at være en rigtig underdanig.

Og det gjorde hun netop.

Det endelige resultat var meget erotisk, men udført med stor smag.

Samantha lå igen på knæ, hendes håndled bundet foran hende og en sort maske i ansigtet.

Under fotosessionen i alle de kropsudtryk, hun lavede, udstrålede hun en høj sensualitet, fordi hun hele tiden tænkte på, at læreren trænede hende.

Tilbage i soveværelset skrev Samantha non-stop og intenst på sin bærbare computer, siddende i sin yndlingsskrivestilling, på sin seng, med ryggen mod puden.

Hendes værelseskammerat, Vicky, lå på den tilstødende seng, kun iført en T-shirt.

Da Vicky strakte kroppen, var hendes fisse blottet, men de var begge vant til hinandens kroppe.

"Alt du gør er at skrive," sagde Vicky. "Er du nogensinde træt af den ting?"

Samantha fortsatte med at skrive.

"Ingen måde."

"Du skal nok få gode karakterer i dette semester med alt, hvad du har skrevet. Kom så, lad os gå ud og spise burgere og shakes."

"Jeg skal passe på min kost."

"Så skal du bare spise burgeren og springe shaken over."

Samantha holdt en pause og kiggede på sin værelseskammerat.

"Det er ikke nogen dårlig idé. Det er for længe siden, jeg sidst har fået en hamburger."

"Min gave. Og jeg kender præcis stedet," sagde Vicky og sprang ud af sengen.

Samantha var ved at lukke sin bærbare computer, da hun huskede noget.

Hun ledte efter billederne.

"Vent, må jeg vise dig noget hurtigt?"

Vicky gik hen og så på de tydelige billeder på den bærbare computer.

Billeder af en delvis nøgen Samantha, på knæ, bundet håndled og slående sensuelle stillinger.

"For helvede pige," udbrød Vicky. "Er det virkelig dig?"

"Ja."

"Jeg anede ikke, at du kunne være så..."

"Sex symbol?" Samantha jokede. "Jeg prøver at holde den side skjult."

Vicky lo.

"Nå, hvad end du gør, så bliv ved. Med denne hastighed behøver du ikke engang en universitetsgrad, du kunne være en professionel model."

"Jeg foretrækker min nuværende karriere."

"Hvad end der virker for dig. I mellemtiden er jeg sulten. Lad os klæde os på."

Samantha så på, mens hendes værelseskammerat gik hen til skabet og tog sin skjorte af og efterlod hende helt nøgen.

Som sædvanlig følte Samantha en lille beundring over, at Vicky var velsignet i brystafdelingen med store, opmærksomhedsfangende bryster, men Samantha forsøgte ikke at være jaloux.

Hun følte sig også lidt skyldig over ikke at fortælle sin bofælle om situationen med læreren.

Siden gymnasiet var de altid ærlige om alt, især om drenge.

De holdt aldrig hemmeligheder for hinanden.

Men det her var anderledes.

Læreren fik Samantha til at love ikke at fortælle det til nogen, og Samantha holdt altid sit ord.

Inden hun stod ud af sengen, åbnede Samantha hurtigt sin Gmail-konto og skrev en besked til sin lærer.

Hun vedhæftede den seneste version af sin skriveopgave.

Han vedhæftede derefter de sidste trældomsbilleder, han havde taget den dag.

Sendt.

Samantha lagde den bærbare computer fra sig og tog sit tøj af og klædte sig af ved siden af sin værelseskammerat.

Jeg havde akut brug for at spise noget fyldt med kalorier.

TREDJE DEL
REBENE

KAPITEL I

Da mandag morgen ankom, var Samantha ikke længere bekymret for sit outfit eller sit udseende.

Ikke som han havde været ved de andre lejligheder, han havde mødtes med professoren.

Hun var allerede vant til at se læreren privat og havde allerede onaneret for ham.

Hun var iført en enkel bluse, hendes hår i en hestehale og let makeup i ansigtet.

Det var også for tidligt at tage andet på.

Der var også de korte instruktioner, som professoren havde sendt til ham aftenen før.

Han bad hende om at have en kort nederdel på og ikke have trusser på.

En anmodning hun var ivrig efter at opfylde, selvom hun ikke anede hvad der skulle ske.

Professoren ankom til bygningen omtrent samtidig.

På den tid af dagen var der næsten ingen i nærheden.

Hun bar sin sædvanlige kontortaske, som normalt indeholdt hendes bærbare computer og bøger til undervisningen, sammen med nøgler i hånden til at åbne kontordøren.

På dette tidspunkt var deres forhold blevet afslappet, og da de så hinanden, undrede de sig over hinandens weekend.

Samantha følte, at hun blev lidt mere flirtende med ham, og læreren var meget mindre barsk end i klasseværelset.

Professoren låste døren, da de kom ind på kontoret, hvilket var usædvanligt, da han aldrig holdt den låst, når de var indenfor.

Da de sad over for hinanden, ændrede samtalen sig.

"Jeg læste dit dokument," sagde han. "Og jeg så dine billeder."

Dette gjorde hende nervøs af en eller anden grund, hun ikke kunne forklare.

Hun forsøgte at skjule, at hun kortvarigt tumlede, da hun ikke ville vise ham nogen form for svaghed.

"Hvad syntes du om alt det?"

"Jeg synes, dit forfatterskab er solidt. Historiestrukturen er god. Grammatik er upåklagelig. Du har en stor forståelse for det engelske sprog, og jeg kan godt lide, at du varierer beskrivelserne. Det vigtigste er, at historien og karaktererne er veludviklede. Det virker næsten "Det føles selvbiografisk. Det er levende. Det kan jeg godt lide."

På et hvilket som helst andet tidspunkt ville Samantha være blevet fuldstændig smigret over den ros, hun netop havde modtaget fra en lærer, hun respekterede dybt.

Men nu, hvor hun sad uden trusser på, var det det sidste hun havde på sinde.

"Hvad syntes du om billederne?"

"Du er en smuk ung kvinde, Samantha," sagde han. "Jeg har altid tænkt det om dig."

"Du ville have mig til at komme her klokken syv om morgenen, når ingen andre er i nærheden. Du sagde, at jeg skulle have en nederdel på. Og jeg har heller ikke trusser på."

"Så du er kommet her bare for at blive trænet, er det det?"

Hun nikkede.

"Gør jeg mig selv til grin?"

"Rejs dig og se frem."

Samantha rejste sig, tilpassede sin skjorte og nederdel, så hun så pæn ud, og så frem.

Professoren rejste sig også og nærmede sig hende og kiggede nøje på hendes unge smukke ansigt og prøvede at læse hendes ansigtsudtryk.

Samanthas læber så ud til at stramme sig.

Hans krop var spændt og stiv, men der var et lille glimt i øjnene, som om han havde ventet længe på dette.

"Jeg kan virkelig godt lide dig, Samantha," sagde han. "Du er smart, motiveret, meget venlig og smuk."

"Tak," sagde hun næsten hviskende.

"Jeg er nødt til at fortælle dig, at jeg nyder at være Mester. Det er noget, jeg tager meget alvorligt. Og jeg giver altid den største omsorg for mine tjenere."

Tjenere? Samantha kunne lide, hvor det var på vej hen.

"Jeg forstår," svarede hun.

"Og dig? På grund af vores aldersforskel og min stilling på universitetet, vil vi aldrig være i stand til at date. Vi vil aldrig være i stand til at blive romantisk involveret. generer det dig?"

"Jeg kan holde på en hemmelighed. Og jeg har for travlt til at have en kæreste."

"Så søde Samantha leder efter en Mester? Af ren seksuel nød, ikke?"

"Jeg tror, du allerede ved det," sagde han sagte.

"Har du tænkt over dette? Jeg er din første Mester? Giv dig selv til mig helt? Jeg vil aldrig gå halvvejs. Når først du er min, vil jeg gøre, hvad jeg vil med dig. Jeg vil presse dig til dine grænser. Men hvis du ønsker at afslutte det, vil det være forbi."

Samanthas fisse knyttede sig.

"Det er det, jeg leder efter. Jeg har altid ønsket at, du ved, være en underdanig. Og det vil jeg gerne være sammen med dig."

"Fordi jeg?" spurgte han.

Hun blev nervøs.

"På grund af din erfaring med det her. Jeg elsker, at du er så forsigtig. Og jeg elsker, hvordan du tænker. Hvem du er. Jeg elsker hele lærer-elev-tinget. Jeg elsker den autoritære magt, du har over mig."

"Løft din nederdel."

Samantha løftede sin nederdel for at afsløre sin glatbarberede vagina og bare numse.

Hun var nervøs, og hendes hænder rystede let, da hun holdt i sin nederdel.

"Du er smukkere personligt end på billeder," sagde han.

"Tak skal du have."

"Bøj dig nu. Læg dine hænder på mit skrivebord. Spred dine ben."

Samantha adlød.

"Hvad vil du gøre?"

"Jeg vil gøre dig en stor tjeneste. Dette er til din skriveopgave. Jeg kan godt lide, hvor din historie er på vej hen. Men du har nogle ting at lære. Hvis du vil skrive ordentligt om en seksuel rejse, så som din lærer , jeg vil gerne have dig til at gøre det."

Samanthas fisse rykkede, mens hun fastholdt sin position på skrivebordet.

Han holdt øjnene lige frem, mens professoren søgte gennem sin kontortaske.

Jeg anede ikke, hvad jeg ledte efter, og jeg gad heller ikke kigge.

Jeg var for bange for at se.

Hun ville bare lade tingene udvikle sig.

Hans hænder begyndte at gnide hendes glatte numse og tonede lår.

"Sikke smukke ben," bemærkede han. "Jeg har tænkt mig at sætte et stik i din numse. Har du nogensinde følt en af dem før?"

"Nej. Tror du, jeg vil kunne lide det?"

"Hvis du slapper af og gør, hvad jeg fortæller dig, vil du nyde mange ting."

Professoren æltede sin numse, som var det en dej.

Klem hårdt og massér.

Da han spredte hendes numse, følte Samantha sig meget udsat.

Hun vidste, at han kiggede dybt ind i hendes anus.

Så slap han.

"Det kan føles lidt koldt," sagde han og åbnede en glidecreme.

Samanthas krop rykkede, da professoren rørte ved hendes anus med sine smurte fingre, men hun genvandt hurtigt kontrollen og holdt stille.

Fingrene kredsede om hendes anus, før de skubbede ind, og dækkede hendes endetarm med analsmøring.

"Kan du lide analsex?" spurgt.

"Åh, ja. Men kun hvis jeg er i godt humør. Som du kan se, er jeg lidt stram derude."

"Det føles sådan. Slap nu af, det her vil føles lidt ubehageligt i starten, men du vænner dig til det. Jeg lover."

Efter at have flyttet fingeren væk, pressede professoren en prop mod Samanthas anusring.

Det var fire tommer.

Overskuelig for enhver dame.

Han gav et blidt skub, og proppen gik gennem ringen på hans anus, takket være smøremidlet.

krop vred sig og gispede, men hun bevarede sin ro.

Han skubbede den ind, indtil den var helt inde.

Buttpluggen blev designet til at gå i fire tommer, blev derefter stoppet af en flad overflade, så Samantha kunne sætte sig ned senere uden for meget besvær.

"Nu vil jeg sætte noget ind i din skede," sagde han. "En lille vibrator, som kun jeg kan styre."

Samantha rystede med numsen.

"Jeg er prisgivet din nåde."

"God pige."

Professoren kiggede i sin kontortaske og tog en lille vibrator på cirka seks centimeter lang, som havde stropper, så den kunne bindes.

Han skilte Samanthas tynde brune læber ad og afslørede hendes lyserøde slids.

Hun var våd, så jeg vidste, at hun var tændt.

Så pressede han vibratoren mod hendes våde hul og skubbede.

Det var nemt at komme ind, især da Samanthas ben var spredt, og hendes fisse var ophidset.

Tommer for tomme kom vibratoren ind i Samanthas fisse.

Hun trykkede sin hånd på bordet, nød følelsen af indgangen og nød også, at det var professoren, der gjorde det.

Da den lille vibrator var helt inde, spændte læreren stropperne om Samanthas ben og bagside, indtil vibratoren var helt sikker.

"Uanset hvor hårdt den lille ting vibrerer, skal jeg ingen steder." Hun troede

"Sæt nu plads," sagde professoren.

Samantha rejste sig, rettede på sin nederdel og satte sig tilbage på sædet foran skrivebordet.

Det var lidt akavet, som jeg havde forventet.

Det var første gang, jeg brugte en buttplug, og det var mærkeligt at sidde på.

Hans endetarm var strakt, og han følte, at hans numse allerede havde ondt.

Vibratoren fastspændt inde i hendes fisse var også en mærkelig fornemmelse.

Jeg havde aldrig følt noget lignende før.

Normalt når noget af den form og størrelse var inde i hendes fisse, var Samantha på ryggen eller på alle fire uden at sidde op.

Tilsammen var følelsen surrealistisk.

Begge hendes huller var fyldt med sexlegetøj.

Og det var der en grund til.

Hvor ubehageligt det end var, var det også seksuelt spændende.

"Dernæst vil jeg binde dig til stolen," sagde han.

Hun slugte.

"Det kan jeg klare."

Professoren var tro mod sit ord.

Inde i hans kontortaske var der blåfarvede reb, der så ud til at have en glat tekstur.

Da Samanthas venstre håndled var bundet til sofaen, så hun, at hun havde ret.

Rebet føltes blødt mod hendes dyrebare hud.

Den knude, læreren knyttede, virkede professionel og korrekt.

Og han gjorde det med den perfekte mængde pres.

Den samme proces blev gentaget med hans højre håndled.

Dernæst kom hans ankler.

Hun så professoren dygtigt gentage processen med hver af sine ankler.

Hun så på ham og undrede sig over hans evner.

Han var bestemt en erfaren Mester, især når det kom til reb, mente hun.

Ikke underligt, at professoren var så forstående over for Samanthas trældomsbilleder, da han havde nøjagtig den samme fetich, tænkte han.

Da han var færdig, var Samantha helt bundet til stolen med sexlegetøj i numsen og skeden.

Dette var en anden form for eufori end at deltage i en fotoshoot.

Dette var det virkelige liv.

Og han var fuldstændig prisgivet sin lærer, som han beundrede dybt.

Han lænede sig tilbage med numsen hvilende mod sit skrivebord og kiggede på sit arbejde.

Samantha bundet til sædet.

"Jeg ville ønske, du kunne se dig selv," sagde professoren. "Så smuk, så hjælpeløs. Den perfekte udstilling af underkastelse."

Hun nikkede.

"Tak til dig."

"Er det det, du forventede? Hvordan har du det? Fortryder du det? Synes du, det er ydmygende? Fortæl mig og vær præcis."

Hun samlede sine tanker.

"Jeg føler mig i live. Som om jeg er tryg ved dig. Fordi jeg ved, du aldrig ville såre mig. Der er en trøst i det. Og jeg elsker at være under din kontrol. Din seksuelle kontrol. At give mig selv til dig. Det gør jeg ikke ved, om jeg nogensinde kunne forklare det fuldt ud." , men det er sådan, jeg føler."

"Der er den," påpegede han. "Det er de tanker, du skal tænke på for at blive en stor romanforfatter en dag. Du er ved at blive en kvinde i harmoni med sig selv. Blomstrer."

"Jeg vil også gerne mærke det."

"Jeg er et skridt foran dig," sagde han og holdt en lille enhed op. "Disse knapper styrer vibratoren inde i dig. Hvilket betyder, at jeg nu styrer din krop og dit sind. Vil du stadig opleve den livsstil, du har længes efter så længe?"

"Ja..."

Så snart disse ord undslap hans læber, trykkede professoren på en knap, der fik vibratoren til at aktivere.

Hele Samanthas krop rystede og hendes ansigt grimaserede.

Hendes arme trak ufrivilligt i rebene, mens hun trak, men til ingen nytte var rebene for stærke.

"Det er bare det første skridt," sagde han.

Sexlegetøjet fortsatte med at vibrere i hendes fisse.

"Åh gud, det føles... Jeg har aldrig brugt sådan en vibrator før. Det føles så..."

Læreren så eleven vride sig forsigtigt, mens han trykkede på en anden knap og skruede endnu et hak op for vibratoren.

Samantha så forpustet ud, da hendes øjne blev store og hendes mund dannede et O.

Det virkede som om hun et øjeblik var forpustet, da vibratoren virkede på sin magi.

"Dette er essensen af underkastelse," sagde professoren. "Jeg har fuldstændig kontrol. Du er helt fortabt . Og det er min pligt at få dig til at komme. Nu behøver du ikke spekulere på, hvordan det er mere. Du oplever det på egen hånd, vel?"

Hun kæmpede for at tale.

"Ja..."

"Vil du have orgasme?"

Hun nikkede.

"Ja..."

Hans stemme forsvandt, da vibrationen blev overvældende.

Så trykkede professoren på kontakten, der tog vibratoren til det højeste hak.

Dette fik hele Samanthas krop til at ryste og hendes hænder til at knytte sig sammen.

Hendes balder pressede ufrivilligt mod stikket på hendes numse.

Hans øjne lukkede og han stønnede højt.

Da Samantha græd og skreg, sænkede læreren vibratoren til det første hak, og Samantha var i stand til at falde til ro.

"Du er for høj ," bemærkede professoren. "Vi kan blive fanget, hvis du skriger sådan."

"Jeg er så ked af det," svarede hun og trak vejret tungt, mens sexlegetøjet stadig nynnede i hendes fisse. "Det var så intenst. Jeg havde aldrig følt noget lignende før."

"Men du vil stadig gerne have orgasme, ikke?"

Hun nikkede med øjnene som en sød hvalp.

"Selvfølgelig."

"Så bliver jeg nødt til at kneble dig på en eller anden måde. Nogen forslag til, hvad jeg kan putte i din mund, for at holde dig stille ?"

Det var et retorisk spørgsmål.

De vidste det begge to.

Samantha var klog nok til at forstå, hvad professoren foreslog.

Og hun elskede ham også af hele sit hjerte.

"Din pik."

Han smilede.

"Bare for at holde dig stille ? Eller vil du have mig til at træne din mund?"

"Jeg vil gerne trænes. Deep throat, ligesom jeg har fantaseret om."

"God pige."

Læreren lagde fjernbetjeningen fra sig og begyndte at knappe sine bukser op.

Samantha så med ængstelige øjne, mens professoren frigjorde sig.

Hun bemærkede, at han var næsten helt oprejst, og hans størrelse var ret imponerende.

Det tændte hende bare mere.

Han trådte frem, hans pik dinglende foran Samanthas ansigt, fjernbetjeningen tilbage i hånden.

"Jeg vil putte min pik i munden på dig," sagde han. "Du kommer til at sutte det. Og du kommer til at gå dybt i halsen. Samtidig vil jeg få dig til at sperme med vibratoren. Forstår du mig?"

"Ja," indvilligede han.

"Husk denne følelse. Brug denne følelse til dit forfatterskab. Måske vil du elske det. Måske vil du hade det. Men du prøvede i det mindste."

"Jeg vil have det. Mere end noget andet."

Med det førte professoren sin pik mod Samanthas ansigt.

Hun åbnede munden og accepterede det.

Den gled mellem hendes læber, og hun viklede sine læber om den og suttede på den.

Professoren gispede.

"Du har en mund som en engel," bemærkede han. "Fortsæt med at sutte."

Og Samantha gjorde det.

Hun suttede og vippede hovedet så godt hun kunne.

Det eneste, han kunne gøre, var at flytte nakken frem og tilbage.

Hun arbejdede med sine læber og sin tunge.

Hun gav ham et godt sug og hvirvlede sin tunge rundt om spidsen af hans erektion.

Det var noget, hun vidste, at mænd absolut elskede.

Og hun elskede at gøre det.

Hun elskede også at mærke hans pik blive hård i munden.

"Slap af," sagde han. "Jeg vil gå dybere. Lad være med at bekæmpe det."

Professoren lagde en hånd på toppen af Samanthas hoved, skubbede derefter forsigtigt og tog hans penis dybere.

Hun blev kvalt lidt, så bakkede han tilbage.

Han kendte nu Samanthas mundtlige grænser .

Pigen havde en standard gag-refleks.

Han gik ind igen, lige hvor Samanthas gag-refleks var, og det var så langt, han gik.

Han ville træne hendes hals seksuelt, ikke få hende til at kaste op.

"Nu skal jeg få dig til at komme," sagde han. "Slap af i din krop. Du er nu under min kontrol."

Læreren trykkede på knappen og vibratoren vendte tilbage til højeste hak.

Samantha vred sig i sit sæde, behandlet som en slave.

Hendes balder klemte endnu en gang proppen ind i hendes lille hul.

Hans øjne blev fugtige.

Hans hænder dannede stramme knuder.

Hans fingre knugede sig inde i hans sko.

Det lille kontor var fyldt med lyden af den lille, men kraftfulde vibrator, der udøvede sin magi inde i Samanthas våde fisse.

Der var også gaggende lyde og dæmpede hvin fra Samanthas mund.

Uhyggelige lyde af sutte og slubren.

"Fortsæt med at sutte," sagde han. "Du kan gøre begge dele. Sut den og få din orgasme på samme tid."

Samantha vendte tilbage til at koncentrere sig om at sutte professorens pik.

Måske vil det fjerne de ekstreme følelser i hans nedre region, tænkte han.

Hun prøvede sit bedste for at flytte tungen rundt om medlemmet, men det var svært, da hanen var op til hendes hals.

Han forsøgte også at arbejde med sine læber, så godt han kunne.

Hun havde aldrig deepthroated en fyr før, så dette var en usædvanlig lærerig oplevelse for hende.

Mens hun suttede, voksede fornemmelserne i hendes fisse til en kraftig intensitet.

Presset voksede og voksede.

Det samme gjorde smerten forårsaget af de langvarige vibrationer, sammen med smerten i hans endetarm og smerten, hvor hans lemmer var bundet.

Hun lavede en lyd dæmpet af hans pik.

"Er du tæt på at komme?"

Hendes tårevåde øjne så på professoren.

Med hvalpeøjne.

Hun nikkede let, så godt hun kunne, uden at skade professorens pik.

Professoren smilede.

"Sperm for mig, skat. Bare slap af, og lad det ske."

Samantha lukkede øjnene og koncentrerede sig om at sutte pikken, som var i hendes hals, sammen med de stærke følelser i hendes underregion.

Sikkert nok kom orgasmen.

Nu kunne han ikke længere bevare grebet om næver og tæer.

Hans muskler slappede af.

Hans krop gjorde ondt.

Hun mærkede en kraftfuld frigivelse i sin fisse.

Presset nåede sit klimaks, og orgasmen var uden ord.

Da det kom, føltes det som sprøjt.

Væsker fossede ud af hendes fisse, dækkede vibratoren og lavede rod, hvor hun sad.

Normalt ville hun være bange for det rod, han lavede på hendes nederdel, da hun skulle gå gennem hallerne og tværs over campus med den orgasmeplet.

Men dette var ikke en normal tid, ikke på det tidspunkt.

Det eneste, der betød noget for ham, var den intense følelse.

Intet andet betød noget.

Fuck den våde nederdel.

Dette var den mest utrolige orgasme i hele hendes liv.

Hun trak vejret tungt med lukkede øjne.

Så slappede han af og sukkede.

Det var da læreren vidste, at han lige var færdig med at komme.

Det nyttede ikke noget at genere Samantha mere, så hun slukkede vibratoren.

"Det var smukt," sagde han. "Men nu er det min tur. Har du stadig energi?"

Hun så op og nikkede, hendes øjne dannede tårer fra den orgasme, hun lige havde oplevet.

Professoren rystede med hofterne.

Til sidste akt ville jeg kneppe hendes mund og hals, og det gjorde jeg præcis.

Hun fortsatte med at sutte.

Da hans energi vendte tilbage, gik han tilbage til arbejdet med sin tunge, sammen med sine læber.

"Slug det," sagde han.

Han holdt Samanthas hoved stille med den ene hånd, og med den anden hånd strøg han rasende langs længden af sin hårde, rasende pik, mens spidsen af hans erektion var i Samanthas varme mund.

Samantha følte sig stolt over, at hun var i stand til at gøre læreren så hård, og det virkede.

Det fik hende til at føle sig sexet, ønskværdig og ønsket af ham.

Orgasmen skød ind i elevens mund.

Stråle efter stråle af sæd kom ind i Samanthas mund, på hendes tunge og ned i halsen.

For hver sprøjt sæd slugte Samantha.

Det var noget, hun kunne lide at gøre, især nu for manden, der lige havde givet hende den mindeværdige orgasme.

Hun nød smagen og konsistensen af hans sperm.

Han smagte det i munden.

Han rullede den rundt med tungen.

Det var ikke noget, hun hurtigt ville glemme.

Hun fortsatte med at sutte, indtil det hele var ude.

Så, da spermen stoppede, hvirvlede hun sin tunge rundt om hovedet på hans pik og slikkede åbningen.

Da hanen blev blød, lod hun den falde fra munden og gav hovedet et farvelkys i processen.

Samantha kiggede på sin lærer, som kiggede på hende.

Deres øjne mødtes.

Der var en subtil forståelse mellem dem.

De vidste, hvad den anden tænkte.

Samantha var en underdanig pige, der endelig fik oplevet sin fantasi.

Og professoren var en mand, der kunne nyde sin kærlighed til at uddanne kvinder.

"Det er oplevelsen af at være underdanig," sagde hun. "Nu ved du det. Gør hvad du vil med den viden."

"Jeg elskede det. Hvert sekund af det," sukkede han og tog et øjeblik på at komponere sig selv.

"Jeg er glad for, at du oplevede det, du ønskede. Hvis du er en god pige, kan vi gøre det igen."

Hun gav ham et ømt smil:

"Bedre. Fordi jeg skriver en lang roman."

Da læreren løsnede elevens håndled, lagde han bløde kys på hendes pande.

Han var en medfølende Mester.

Og Samantha var en meget nysgerrig og ihærdig underdanig.

Selvfølgelig ville de gøre det igen, tænkte han.

ENDE

www.ingramcontent.com/pod-product-compliance
Lightning Source LLC
LaVergne TN
LVHW101953220826
846093LV00006B/204